Olivier Adam

Ni vu ni connu

l'école des loisirs
11, rue de Sèvres, Paris 6ᵉ

Du même auteur à *l'école des loisirs*

Collection Mouche

Le jour où j'ai cassé le château de Chambord

Collection Médium

Comme les doigts de la main
La messe anniversaire
On ira voir la mer
Sous la pluie

ISBN 978-2-211-20253-4

© 2011, l'école des loisirs, Paris, pour la présente édition
dans la collection « Supermax »
© 2009, l'école des loisirs, Paris
Loi n° 49.956 du 16 juillet 1949 sur les publications
destinées à la jeunesse : mars 2009
Dépôt légal : avril 2010
Imprimé en France par Clerc
à Saint-Amand-Montrond

Pour Juliette

Tout est noir et silencieux. Une robe à fleurs me caresse la joue droite, une jupe noire la joue gauche. Ça sent le parfum, la lavande et l'antimite. Je commence à me sentir mal. Depuis combien de temps suis-je coincé là-dedans, plié en quatre ? Trente minutes, au moins. Peut-être plus. Ça commence à faire long, pour une partie de cache-cache…

J'entrouvre. Ça grince légèrement. Tant pis. Je sors quand même. J'ai mal partout. Surtout les genoux et le cou. Je tends l'oreille. Pas le moindre bruit. Je regarde autour de moi. La chambre de M. et Mme Grindel est très jolie. Comme le reste de la maison, d'ailleurs. Un salon immense aux grandes portes-fenêtres donnant sur le jardin. Un canapé de cuir noir. De beaux meubles en bois. Une cuisine flambant neuve. Une pièce par enfant plus le bureau et la salle de jeux. Et la chambre des parents où je me suis planqué. Grande comme notre maison à nous. Ou pas loin. Un papier peint à fleurs comme maman aime et comme papa déteste. Un beau lit avec une couette mauve repassée. Un bouquet de fleurs sur la commode chinoise. Un miroir. Un bureau près de la fenêtre. Le tout parfaitement rangé. Rien qui traîne. Même pas un peu de poussière. Pas comme chez nous. La chambre de mes parents, des fois, même moi j'ai du mal à supporter : une pièce minuscule où ne tient quasiment que le lit, des journaux partout sur le sol, des vêtements sur la chaise, la table de nuit et la commode, des bouteilles vides sur la moquette, des livres, des disques et des DVD dans tous les coins. Régulièrement, papa craque et se met à râler qu'il n'en peut plus, de vivre dans une maison pareille. Mais ça ne sert jamais à rien. Maman se contente de lui sourire en haussant les épaules.

– Si tu n'es pas content tu n'as qu'à ranger, lui dit-elle avant de l'embrasser, de monter le volume de la musique et de l'inviter à danser.

Je regarde par la fenêtre. J'aurais dû m'en douter. Ils sont passés au jeu suivant. Il n'y a plus que moi qui joue à cache-cache. Ils sont tous là, groupés autour de Thomas, au milieu du jardin pimpant avec ses beaux arbres, sa pelouse fraîchement tondue, ses massifs de fleurs, ses chaises longues, son parasol en toile beige. Tout est tellement parfait, tellement soigné… C'est bien simple, on dirait un parc. Ou une photo de magazine. Mais je crois que je préfère le nôtre, même si c'est juste des mauvaises herbes qui m'arrivent aux genoux, des coquelicots, un vieux pommier, quatre chaises et une table rouillée au pied des six tours grises de la cité des Bosquets. J'adore les soirs d'été quand papa est là et que maman a invité tout le monde, les amis, la famille, les voisins. On mange du poisson grillé en écoutant de la musique africaine, les pieds nus chatouillés par les pâquerettes. Quand la nuit tombe, papa allume la guirlande multicolore du grand sapin bleu et tout devient magique. Avec ses copains il se met à chanter et à jouer de la musique pendant des heures. Maman danse en fermant les yeux, une cigarette dans une main et un verre dans l'autre, ses copines rient pour un rien, et mes petits cousins de trois, cinq et sept ans courent dans tous les sens. Ces soirs-là je voudrais que le temps s'arrête et que tout soit toujours comme ça. Je voudrais tellement que la vie ressemble à une nuit d'été.

Je n'ai pas très envie de les rejoindre. Je crois que j'aime autant rester là, à les regarder, de la fenêtre, sans qu'ils le sachent. Je crois que le plus souvent regarder les autres s'amuser me suffit. Je suis content pour eux et ça me va très bien ainsi.

Thomas vient d'accrocher une grande cible jaune et noire à une branche pleine de cerises. Il distribue les fléchettes. Chloé s'avance. Vue d'ici, elle semble minuscule et fragile, son visage mince mangé par ses longs cheveux, ses bras et ses jambes comme des allumettes sous le coton du jean et de son tee-shirt rose. Elle vise et je retiens ma respiration comme chaque fois qu'elle fait quelque chose et que j'ai peur qu'elle rate. La fléchette flotte un instant dans l'air et vient heurter le tronc, puis tombe sur la pelouse épaisse comme un tapis. Elle en lance une deuxième et c'est pire. Cet abruti de Cédric se moque d'elle, mais elle s'en fiche. Elle hausse les épaules et elle rit. Et comme toujours quand elle rit, elle pose sa main sur sa bouche et ses épaules se soulèvent d'une manière vraiment charmante. J'aime bien. Et aussi ses cheveux un peu roux quand le soleil leur tombe dessus. Ses yeux caramel. Sa voix un peu voilée. Son dos et la laine rose de son pull dans le bus, quand j'arrive à m'asseoir juste derrière elle et que j'aperçois son oreille, un bout de sa joue, parfois ses yeux et sa bouche dans le reflet des vitres.

C'est au tour de Léa, maintenant. Elle se recoiffe

en passant sa main dans ses cheveux. C'est toujours pareil avec elle. On croirait qu'une caméra la filme en permanence. Toujours à se regarder dans les vitres, à vérifier sa coiffure et son sourire dans les miroirs. À remettre ses barrettes bien en place dans ses cheveux. Comme si elle cherchait à être parfaite. Par tout temps. En toutes circonstances. Je ne comprends pas qu'on puisse faire attention à soi à ce point. Il faut drôlement s'aimer, non ? Il faut se trouver particulièrement irrésistible… Mais tout le monde l'adore. Y compris moi. Je ne sais pas où j'ai entendu ça, à la télévision je crois, dans une de ces émissions terriblement ennuyeuses et bavardes qu'affectionne maman, mais il paraît que pour être aimé on doit d'abord s'aimer soi-même. Il faut croire que c'est vrai. Le monde se traîne à ses pieds. Il y a toujours quelqu'un pour lui dire combien elle est belle, comme brillent ses grands yeux verts et sa chevelure noir corbeau. Il faut dire que dans son genre, elle a tout bon. Bonne en classe. Marrante. Jolie. Pas fayotte. Et super balaise au foot. C'est son père qui lui a appris. Il entraîne l'équipe A du club de la ville d'à côté. Quand il était plus jeune, il a même joué au PSG. À l'époque, c'était une sacrée équipe, il paraît, le PSG. Je sais que c'est difficile à croire. Mais papa me l'a confirmé. Il m'a même montré des images de ce temps-là, sur internet.

Ça y est, elle vise. Ce n'est pas trop tôt. La fléchette se plante au milieu de la cible. Pas dans le mille mais juste à côté. Tout le monde l'applaudit, Thomas siffle entre ses doigts, Christophe pousse des cris d'admiration. Avec une grâce infinie elle salue, comme une actrice à la fin du spectacle. Je ne sais pas comment elle fait. Comment font les autres. Pour toujours savoir quel geste exécuter, quel mot prononcer, de la bonne façon et au bon moment. Moi, j'ai toujours l'impression d'être à côté. Comme dans une pièce de théâtre dont tout le monde saurait le texte par cœur sauf moi. Un médiocre amateur au milieu d'une troupe de professionnels plus talentueux les uns que les autres.

Maintenant, c'est Maud qui s'y colle. D'un doigt, elle replace ses lunettes sur son nez. Elle regarde autour d'elle. Je ne suis pas sûr mais j'ai l'impression qu'elle tremble un peu. C'est toujours pareil : dès qu'on la regarde elle devient toute rouge et si elle doit parler c'est pire, les mots restent à l'intérieur de sa bouche. Elle se met en position, tient la fléchette entre ses doigts, fixe la cible. Mais rien ne se passe.

Elle reste comme ça pendant des heures, en se balançant d'avant en arrière. Les autres l'encouragent mais je sais que c'est inutile. Je connais ça. Quand il faut monter à la corde, par exemple. Je grimpe d'un ou deux mètres et je ne peux plus bouger. À bout de force. Tétanisé. Les autres, en bas, me regardent et me crient d'y aller, mais ça me bloque complètement et du coup je n'y arrive plus du tout. Il y en a toujours un ou deux pour m'encourager mais le plus souvent la situation dégénère, Thomas, Paul ou Christophe commencent à se moquer de moi et les autres les imitent. Et puis tout le monde se met à siffler et ça devient un véritable cauchemar. Je panique et j'entends des voix qui font « Allez Bouboule », ou bien « Courage, gros tas de graisse ». Alors je lâche tout. Mme Bellefille a toujours l'air déçu, comme si je le faisais exprès. « Tu feras mieux la prochaine fois... » dit-elle. Et au moment de retourner en classe, tandis qu'on traverse la cour en rang deux par deux, j'entends Untel me conseiller d'arrêter de manger du pain avec les nouilles, un autre de mettre la pédale douce sur les croissants au beurre et un troisième de faire un peu de sport. Pourtant je ne suis pas gros. Juste un peu enveloppé, comme dirait maman, avant de rajouter qu'elle trouve ça mignon. Mais moi, quand elle dit ça, je ne peux pas m'empêcher de voir apparaître Obelix. «Je suis pas gros, je suis juste enveloppé…» C'est ce qu'il dit toujours…

Maud n'a toujours pas tiré.

– Bon, t'attends quoi? s'impatiente Cédric. La fin du monde?

Il n'attend même pas qu'elle réponde, s'avance vers elle, lui prend les fléchettes des mains, la pousse vers la balançoire et se met bien en face de la cible.

– Place au champion…

Personne ne dit rien. Personne n'ose jamais rien lui dire de toute façon. Tout le monde a peur de lui. Il a redoublé deux fois. Il est presque aussi grand que mon père et ses mains sont larges comme ma tête. Pour ne rien arranger, il fait de la boxe française le mercredi et le samedi. Il n'y a que guère que Thomas qui n'ait pas trop peur de lui. Il faut dire que Thomas court très vite. Quant à moi, depuis quelque temps, il me laisse tranquille. Depuis que papa lui a parlé, pour être exact. Pourtant on ne peut pas dire qu'il lui ait dit grand-chose. Juste que, si ça continuait, il allait en toucher deux mots à son père. Moi, j'aurais juré que ça provoquerait l'effet inverse. Sur le moment, papa, je lui en ai voulu à mort. Mais depuis, c'est les vacances. Finies, les tapes derrière les cuisses et sur le haut du crâne. Finis, les marrons dans les jambes, dans les dos et dans le ventre. Finis, les insultes et le prélèvement systématique de tout ce qui pouvait se trouver dans mes poches : bonbons, gâteaux, porte-clés, porte-bonheur, Game Boy et j'en passe.

Maud est partie dans son coin. Elle regarde les fleurs, se penche pour les sentir. Enlève ses lunettes de son nez pour les nettoyer avec le coton de son tee-shirt. Des fois je me dis qu'elle et moi on est pareils. Tout seuls, complètement à côté des autres. Comme si entre nous et le monde il y avait un genre de vitre transparente. Comme si on vivait à un autre étage, où tout est plus compliqué, où rien ne va de soi. Le plus bizarre, c'est qu'elle non plus ne fait pas attention à moi. Et que je n'ai jamais cherché à vraiment parler avec elle.

Ça y est. Cédric tire. Dans le mille. Il serre le poing et sourit comme s'il venait de remporter Roland-Garros ou de marquer un but en finale de coupe de monde. Maintenant il fait le clown et tout le monde rit. Je ne vois pas très bien pourquoi. Vu d'ici il a surtout l'air d'un demeuré. À mon avis, ils font semblant. Pour lui faire plaisir. Pour pas qu'il se mette en colère. Après il se met à danser n'importe comment en criant qu'il a gagné. Mais moi aussi, j'ai gagné. Au cache-cache, j'ai gagné. Vu que personne ne m'a trouvé, j'ai gagné. Même si personne ne le sait. Même si tout le monde s'en fiche. C'est toujours pareil de toute façon. À cache-cache personne ne me trouve jamais. Personne ne me trouve parce que personne ne me cherche. Personne ne me cherche parce que personne ne se souvient que je joue. Personne ne se souvient que je joue parce que personne ne se souvient que je suis là, que je vis, que j'existe.

J'ai fini par quitter la chambre. Avant de descendre au rez-de-chaussée, je jette un œil à celle de Thomas. C'est tout le contraire de la mienne : une télévision, des tas de DVD, trois consoles de jeu et pas le moindre livre. Les murs sont couverts de posters de footballeurs dont je ne connais ni le nom ni le visage. Sur la moquette traînent des revues sur les jeux vidéo. Du côté droit de son lit, il y a un punching-ball orange et des gants de boxe rouges. Un mini-panier de basket accroché au mur et, au sol, un immense train électrique aux aiguillages extrêmement compliqués. Du côté gauche, étrangement, pas loin de la télé, de l'ordinateur et de la minichaîne hi-fi, posée sur la table de nuit, une petite lampe bleue, avec le petit prince, des moutons, des étoiles, des planètes et un renard. Quand on l'allume elle se met à tourner. J'avais la même quand j'étais petit. Je n'en reviens pas que Thomas ait ça dans sa chambre. Un instant, juste pour rire, je l'imagine, lui, «le plus beau gosse de la classe», le roi du foot, du manga et de la Playstation, s'endormir en regardant tourner les jolis dessins. Le pouce dans la bouche comme un enfant de trois ans. Je ris tout seul en pensant à ça.

Le lit est couvert de vêtements. Quand on est arrivés tout à l'heure, la mère de Thomas nous a fait enlever nos blousons et elle les a emportés avec elle. Je fouille un peu et je tombe sur le manteau de Chloé : une doudoune rose pâle avec le chat d'Hello Kitty à la place du cœur. Depuis qu'elle a passé un mois au Japon elle ne met plus que les vêtements qu'elle a trouvés là-bas. Dessus il y a toujours des chats roses ou des lapins bleus, ou alors des filles avec des cheveux violets et des yeux qui prennent la moitié du visage. Ses cahiers, ses stylos, sa trousse, c'est pareil. Et elle a accroché des tas de petites peluches et de figurines à son sac à dos. Il paraît qu'à Tokyo tous les jeunes font ça. Je fouille dans sa poche droite. À l'intérieur il y a, roulée en boule, une petite écharpe mauve. Je ne peux pas m'en empêcher, je la prends et je l'approche de mon nez. Je respire son parfum. Pour dire la vérité, elle ne sent pas grand-chose. Peut-être un peu la vanille mais je ne suis même pas sûr.

— Ben qu'est-ce que tu fais là, toi ?

Mon cœur vient de faire le grand huit dans ma poitrine, comme si j'avais avalé un lapin fou. Je lâche l'écharpe et je me retourne. C'est Mme Grindel, la mère de Thomas, avec ses beaux cheveux lisses et blonds, parfaitement coiffés. Elle me sourit.

— Je cherche un mouchoir.

— Allez dépêche-toi, c'est bientôt l'heure du gâteau.

Elle s'en va. J'entends son pas dans l'escalier et sa voix sonne le rappel : « Les enfants, c'est l'heure du gâteau... » Juste avant de quitter la chambre, je fourre l'écharpe de Chloé dans la poche de mon blouson et je remets tout en place.

Quand j'arrive dans le salon ils sont encore dehors. Je me retrouve seul dans la pièce. Seul avec le gâteau, les grandes bouteilles de Coca et les assiettes couvertes de bonbons, de biscuits. Seul avec les cadeaux que Thomas vient de recevoir pour son anniversaire : six jeux vidéo, trois disques, cinq DVD, un ballon de foot et deux bandes dessinées. Les bandes dessinées, c'est moi. Les deux premiers volumes de *Grand Vampire*, de Joann Sfar. Il les a à peine regardés. Sa mère, par contre, elle s'est plongée dedans un long moment. Ça n'a pas eu l'air de lui plaire. Elle a fini par relever la tête et par demander d'un air pincé qui avait eu la drôle d'idée d'acheter «cette chose». Je n'ai pas osé dire que c'était moi. Tout le monde a dû penser que j'étais venu les mains dans les poches.

C'est juste après que Thomas a annoncé qu'on allait faire une partie de cache-cache.

– C'est moi qui compte, il a fait.

Je me suis précipité dans l'escalier, je suis entré dans la chambre de ses parents. C'est comme ça que je me suis retrouvé dans le noir de l'armoire et complètement oublié.

De toute façon, cette fête, elle avait mal commencé. Je n'aurais jamais dû venir. À l'origine, je n'étais même pas invité. Quand Thomas a distribué ses cartons d'invitation, mardi dernier, il y en avait pour tout le monde sauf moi. Même Cédric en a eu un. Et Maud. Mais moi non. Ça aurait dû s'arrêter là.

Le soir à la maison, je ne sais pas pourquoi, j'en ai parlé à maman. Juste histoire de répondre à la question rituelle : «Alors, comment c'était à l'école?», tandis que je faisais mes devoirs sur la table de la cuisine et qu'elle avalait une cafetière entière de café noir avant de partir au travail, vers dix-huit heures, comme souvent. Un quart d'heure de voiture et elle serait à l'hôpital pour la réunion de service. Après, ce serait la nuit et tous ces gens malades dont il faudrait bien qu'elle s'occupe pendant que tout le monde dort. Je lui ai raconté pour l'invitation. Elle m'a regardé d'un air un peu triste et m'a dit qu'elle en parlerait à la mère de Thomas, si par hasard elle la croisait à la sortie de l'école. Et bien sûr, ça n'a pas loupé, le lendemain, à la sortie de l'école, pour une fois qu'elle venait me chercher, elle est allée parler à Mme Grindel, qui comme par enchantement était là elle aussi, pour une fois. Elle devait être en vacances ou je ne sais quoi, mais franchement de la voir là, ça a fini de me convaincre de ne jamais croire en Dieu ni en quiconque. J'avais passé la soirée à prier pour qu'elles ne se croisent pas et voilà qu'elles se parlaient en souriant. Enfin c'est surtout ma mère qui souriait à celle de Thomas. Elle, on aurait plutôt dit qu'elle grimaçait. Qu'elle faisait semblant de sourire. C'est comme ça que la mère de Thomas a fini par nous expliquer que si je n'avais pas reçu d'invitation, c'est tout simplement qu'on m'avait oublié dans la liste. Mais j'étais évidemment le bienvenu, elle était désolée, confuse, et Thomas aussi. Voilà. Il faudrait ne jamais rien dire à sa mère. Garder les choses bien séparées. La vie à l'école d'un côté. La vie à la maison de l'autre. Parce que moi pour tout dire, cet anniversaire, je n'avais aucune envie d'y aller. Même si je savais que Chloé y serait. Même si je m'étais dit que peut-être, pour une fois, je pourrais lui parler. Pourquoi pas la raccompagner jusque chez elle, après. Même si tout ça, non, aucune envie. J'étais juste un peu triste qu'on m'ait oublié encore une fois, c'est tout.

Pourtant, j'ai l'habitude. À force je ne devrais plus y faire attention. Même notre institutrice, Mme Bellefille, des fois elle m'oublie. Pourtant je suis le premier de la classe. D'habitude, un premier de la classe, ça ne s'oublie pas. En général, les institutrices les adorent, la plupart des élèves les détestent. Mais moi non. Personne ne m'aime. Personne ne me déteste. Je suis juste invisible. Le contraire de quelqu'un d'inoubliable. Souvent je m'imagine plus vieux, rencontrer un de mes anciens camarades dans la rue, le saluer et m'apercevoir que lui, non vraiment, il ne voit pas du tout qui je suis. « Mais si, à l'école Paul-Éluard ? Avec Mme Bellefille ? Tu ne te souviens pas ? J'étais assis à côté de toi ? Non ? Vraiment ? Bon, ben tant pis. » Ou alors je m'imagine mort et revenant comme un fantôme dans l'école, histoire de voir ce qu'on dit de moi, si Mme Bellefille pleure, si Chloé s'effondre, si malgré tout, certains disent qu'ils m'aimaient bien. Et là, en général, c'est bien simple, tout le monde s'en fiche. D'ailleurs Mme Bellefille a oublié de dire aux autres que j'étais mort. Personne ne remarque que je ne suis plus là. À part Chloé peut-être. Mais elle se dit juste que je suis malade. Ou que j'ai changé d'école. Ou encore que j'ai déménagé. À l'enterrement il y a juste mes parents et c'est tout.

J'entends les autres qui arrivent. Sans réfléchir, je me cache sous la nappe. Que personne ne me demande pourquoi je fais un truc pareil. Moi-même je n'en ai pas la moindre idée. Parfois je fais des choses, c'est comme si c'était quelqu'un d'autre qui décidait à ma place. Ou alors c'est le contraire : mon cerveau dit «blanc» mais mon corps répond «noir». De toute façon qu'est-ce que ça change, que je sois sous la nappe ou autre part ? Qui va s'apercevoir de mon absence ? Qui va se dire : où il est Antoine ? Pour qui est-ce que ça peut faire une différence, que je ne sois pas là ? À mon avis personne. À mon avis le monde tournerait aussi bien sans moi. Je crois qu'il n'y a que mes parents pour qui ça changerait quelque chose.

Autour de la table, tout le monde discute. De temps en temps j'entends la voix de Chloé. Ou bien son rire. Et chaque fois, c'est idiot, mais mon cœur s'ébroue comme un chien stupide, me remonte par la gorge et veut me sortir par la bouche.

Là tout de suite, la voix que j'entends, c'est celle de Cédric. Il dit qu'il a faim et que le gâteau a l'air bon, avec sa voix de gros débile. Il a toujours faim de toute façon. Même en classe, il est tout le temps en train de fouiller dans les poches de son blouson et d'en sortir des tonnes de Twix, de Kit Kat ou d'autres choses. Je le sais parce que depuis quelques semaines, Mme Bellefille l'a mis au premier rang, juste à côté de moi. Pendant les cours, dès qu'elle a le dos tourné, il dessine. Drôlement bien d'ailleurs. Un visage de femme le plus souvent. Je me demande qui c'est. Celle qu'il rêve d'épouser quand il sera grand ? Ou sa mère ? Personne ne l'a jamais vue, sa mère. Je sais juste qu'elle ne vit pas avec lui. Et qu'il ne la voit presque jamais. C'est maman qui m'a dit ça, un jour. J'ignore comment elle fait pour être au courant de tant de choses.

— Allez, les enfants, fait Mme Grindel. Thomas va souffler ses bougies. Vous êtes prêts ?

J'entends craquer des allumettes. J'aime bien ce bruit. Comme quand papa allume une cigarette. Ça fait six jours qu'il est parti. Il ne rentre qu'après-demain. Je crois qu'il me manque. Que j'aimerais qu'il soit là. Maman est toujours un peu triste quand il part longtemps comme ça, et, sans lui, la maison semble vide. Sans les chansons qu'il joue sur sa vieille guitare. Sans les coups de poing qu'il envoie dans le sac de sable suspendu au plafond du garage. Sans ses grands rires et ses danses de dingue. Sans sa présence dans le petit jardin, quand il taille les plantes ou qu'il bricole une étagère, une lampe ou son vélo. En ce moment il doit être quelque part en Pologne. Il transporte des marchandises d'un bout à l'autre de l'Europe. Des fois il va en Italie, d'autres fois en Espagne, en Roumanie, en Suède. Il fait des milliers de kilomètres. Je l'imagine parfois, sa casquette de base-ball vissée sur le crâne, les yeux plissés rivés à la route, la main droite tenant le volant, la gauche tenant une canette de Coca. La musique à fond dans la cabine. Et la Thermos de café chaud près de lui. Il me ramène toujours quelque chose. Des trucs qu'on trouve dans les stations-service. Des tas de porte-clés. Des paquets de chocolat suisse, des petits sabots en bois qui viennent du Danemark, des gâteaux allemands, des maillots de foot de l'Inter Milan ou du FC Barcelone, des faux bien sûr, parce que les vrais sont trop chers mais c'est pas grave, personne ne le remarque à part Thomas qui se moque de moi quand je les mets. Surtout qu'au foot je suis complètement nul.

Ça y est. Toutes les bougies doivent être allumées. Tout le monde se met à chanter « Joyeux anniversaire ». Même moi, caché sous la table, je fredonne. Je crois que c'est de famille. Maman aussi souvent, elle chantonne sans s'en rendre compte. En repassant, en regardant la télé, en mangeant. J'entends Thomas qui prend sa respiration. Il souffle et les autres éclatent de rire. D'abord je ne comprends pas pourquoi. Et puis en entendant Thomas se remettre à souffler et les autres rire comme des baleines, je devine. Sa mère lui a fait la fameuse blague des bougies qui se rallument toutes seules. Mon père me fait toujours le coup lui aussi. Enfin les années où il est là pour mon anniversaire.

Maintenant ils mangent. J'essaie de rester parfaitement immobile. Quand ils s'approchent de la table, le tissu de la nappe se rapproche de moi. De grosses fleurs jaunes viennent se coller contre mon nez. Ça me donne envie d'éternuer. Je n'ose pas imaginer ce qui se passerait si je n'arrivais pas à me retenir. J'imagine vaguement la scène. Les moqueries et la honte, le regard plein d'incompréhension de Chloé, les mots de Léa me qualifiant de « mec vraiment trop bizarre ». Les petites tapes de Cédric derrière le crâne. Le mépris de Thomas. Et l'absence totale de réaction de Maud. Toute l'année foutue. Plus personne pour me parler. Ça ne changerait pas grand-chose mais quand même...

Tout le monde se régale, on dirait. À part Maud, bien sûr. Cédric lui a ordonné de lui refiler sa part et elle s'est exécutée. Personne n'a entendu à part moi. Elle n'a pas protesté. J'ai juste vu ses pieds s'éloigner de la table. Elle doit être tellement habituée à force. Mon ventre commence à gargouiller. J'ai un peu faim. J'espère qu'il restera une part. Et que personne n'a entendu.

La fête est finie. Tous les parents sont venus, les uns après les autres, chercher leurs enfants. Y compris Chloé. Pour ce qui est de la raccompagner chez elle, c'est raté. C'est dommage parce que c'est sur mon chemin. Souvent, le mercredi, le samedi, je prends mon vélo et je roule vers chez elle. Je passe des dizaines de fois devant sa maison. Quand j'aperçois son ombre derrière les rideaux, ou que je la vois assise à la table du jardin, j'ai les jambes en coton.

Je suis le seul à rentrer chez moi sans mes parents. Maman est à l'hôpital. Elle ne reviendra que dans la nuit. Quand je suis parti pour la fête, tout à l'heure, elle dormait. Je n'ai pas osé la réveiller. J'ai laissé un mot sur sa table de nuit, des fois qu'elle aurait oublié, pour pas qu'elle s'inquiète. J'ai posé un baiser sur ses cheveux mais elle n'a pas bougé d'un cil.

Je vais pouvoir sortir de ma cachette. Ce n'est pas trop tôt. Ça fait au moins deux heures que j'y suis. Et j'avais beau m'en douter, franchement, ça me fait un peu mal de le vérifier : personne ne s'est aperçu de mon absence. Personne ne s'est demandé où j'étais. Même pas Chloé. Surtout pas Chloé, devrais-je dire. Elle était trop occupée à discuter avec Thomas. À rire à chacune de ses blagues. À danser près de lui quand ils ont mis le disque de Diam's. Ou à le regarder tenter des tours de magie bidon. Après le gâteau, tout le monde s'est assis face au téléviseur et ils étaient tout près l'un de l'autre. De ma cachette, je pouvais les voir se chuchoter des trucs à l'oreille. La mère de Thomas a appuyé sur le bouton de la télécommande, et Harry Potter est apparu sur l'écran. Et tout ce que je peux en dire, c'est que sans les images, un film de ce genre, c'est vraiment très long.

Je soulève légèrement la nappe, je m'apprête à sortir enfin quand j'aperçois des pieds. Ceux de Thomas et de sa mère. Ils portent tous les deux des chaussures. Elle des escarpins noirs à bouts pointus qui doivent valoir le prix de notre voiture. Lui des Nike fluo qui le font mesurer vingt centimètres de plus. Je trouve toujours ça étrange de garder ses chaussures chez soi. Nous, on est toujours pieds nus, à l'intérieur comme dans le jardin. D'ailleurs c'est comme ça que nous nomme la voisine de droite : la famille pieds nus. Elle regarde toujours nos pieds en secouant la tête. « Vous allez attraper la mort », dit-elle avec cet accent malien que j'adore. Papa, ça le fait rire. Il se balade en tee-shirt été comme hiver, dort les fenêtres ouvertes et crève de chaud dès qu'il fait plus de vingt degrés. Il faut dire qu'il est breton. Il dit toujours que ce qui lui manque le plus ici, ce n'est pas la mer, mais le vent. « On dirait que l'air est mort ici, tu ne trouves pas ? Il ne bouge pas. Il ne vit pas. On ne le sent pas » répète-t-il tous les trois jours.

Thomas et sa mère se sont installés dans le canapé et ils bavardent. Moi qui espérais enfin m'éclipser. Je n'ai plus qu'à attendre qu'ils finissent leur conversation. Ou alors je sors tranquillement, je leur dis de ne surtout pas se déranger pour moi, je récupère mon blouson et je m'en vais. Je ne sais pas pourquoi mais je crois que je vais opter pour la première solution. J'espère que ça ne va pas durer des heures.

— Alors mon chéri ? fait Mme Grindel de sa voix toujours très chic. Tu es content ?

— Ouais, ça va, marmonne Thomas, visiblement pas convaincu.

— Ça va ? C'est tout ? Tu ne t'es pas bien amusé avec tes amis ?

— Si, si.

— T'as pas l'air...
— Si, mais... C'est juste que.
— C'est juste que quoi ?
— Ben... C'est pas vraiment mes amis, en fait...

Je manque de m'étrangler. J'ai beau en être parfaitement conscient moi aussi, j'ai beau savoir que je ne suis pas son ami, ça me fait quand même bizarre d'entendre ça. Pas tellement en ce qui me concerne. Non. C'est plutôt pour les autres... Ils ont tous tellement l'air de l'aimer, ils sont toujours là à se disputer la place à côté de lui, à quémander ses sourires, à espérer qu'il les retienne dans son équipe, qu'il rie à leurs blagues, qu'il les invite à goûter chez lui après la classe... S'ils savaient ce qu'il pense d'eux.

— Ah bon ? reprend sa mère, étonnée. Pourtant ils sont tous venus, ils t'ont couvert de cadeaux... C'est qui tes vrais amis alors ? Et pourquoi tu ne les as pas invités ?

— C'est que... en fait... j'en ai pas vraiment, moi, des amis, lui répond Thomas.

Je n'en reviens pas. Mme Grindel non plus d'ailleurs. Sa voix monte dans les aigus. On dirait qu'elle panique.

— Comment ça ? dit-elle. Ils t'adorent tous. Ils en ont que pour toi. J'ai bien vu, t'es une vraie star...

— Je sais... Tout le monde m'aime bien, c'est sûr, mais...

— Mais quoi ? s'énerve Mme Grindel. C'est quoi, le problème ?

Sa voix a dérapé cette fois. Elle semble hors d'elle.

— Le problème, répond Thomas, c'est que j'ai que des copains, maman. Mais pas de vrais amis... C'est bizarre à dire mais, quand je suis avec eux, j'ai l'impression d'être tout seul.

Alors là. Je ne m'y attendais pas, je dois dire. Et encore moins à voir ce que je vois en soulevant la nappe : Thomas, le prince du CM2, le Zidane de l'école Paul-Éluard, blotti dans les bras de sa mère, au bord des larmes, rongé par la solitude. Même moi, ça me fait de la peine de le voir ainsi.

Ils restent un long moment enlacés sans rien dire. Mme Grindel en a les yeux tout brillants. Elle regarde la fenêtre mais on dirait qu'elle fixe quelque chose d'invisible et de très lointain. Au bout d'un long moment, elle finit par se lever.

— La vérité, c'est qu'ils ne sont pas assez bien pour toi. C'est tout. Cette Léa, là, toujours à minauder, et puis la Chloé qui prend ses airs mystérieux... Sans parler de cet imbécile de Cédric... Quant aux autres, ils sont tellement inintéressants que je ne me souviens pas de leur prénom... Et puis c'est le destin des stars. C'est comme ça pour tous les êtres exceptionnels. Regarde les acteurs, les hommes politiques, les sportifs, les chefs d'entreprise. Tout le monde les adore, les applaudit, on crie leurs noms, on les admire, on les déteste, mais quand ils rentrent chez eux ils se retrouvent tout seuls. Et tu sais pourquoi ? Non ? Eh bien je vais te le dire. Parce que, justement, ce sont des gens exceptionnels. Ils ne peuvent supporter la médiocrité. Et les médiocres les jalousent. Mais toi c'est pas pareil. Parce que tu as ta maman. Je suis là, moi. Tu peux tout me dire. T'as pas besoin d'amis. Allez, va te préparer mon chéri, ça va être l'heure de ton entraînement...

J'entends le pas de Thomas dans l'escalier. Mme Grindel se dirige vers la cuisine. Pendant toute sa tirade j'ai bien observé son visage. Elle semblait en colère. On aurait dit qu'elle se parlait à elle-même. Pas un instant elle n'a regardé son fils.

Cette fois c'est bon, la pièce est déserte. Je peux enfin sortir de ma cachette. Je traverse le salon. Je monte les escaliers pour récupérer mon blouson. Par la porte de sa chambre, j'aperçois Thomas, en tenue de foot, qui joue à la Playstation. Un jeu avec des types en treillis militaire qui tirent sur tout ce qui bouge. Je reste un moment à le regarder, il a un air dur et triste à la fois. Chaque fois qu'il descend un ennemi il pousse des petits cris hargneux. On dirait qu'il se venge de quelque chose. Je n'aurais jamais cru que quelqu'un comme lui puisse se sentir aussi seul. On a beau être l'exact opposé l'un de l'autre, on ressent des choses assez semblables, lui et moi, il faut croire.

Je redescends les escaliers. Je vérifie qu'il n'y a personne. Mme Grindel est toujours à la cuisine. J'entends sa voix. Elle doit être au téléphone. Elle parle fort. On dirait qu'elle est en train d'enguirlander quelqu'un. Quelqu'un qui, visiblement, n'a pas fait correctement son travail et qu'elle traite d'incapable. Je suppose qu'il s'agit de sa secrétaire. Ou alors d'une de ses employées. Elle lui parle comme à du poisson pourri en tout cas. Et après ça, elle va se plaindre que personne ne l'aime. Je cours jusqu'à la porte d'entrée, je traverse le jardin, j'ouvre la grille et me voilà enfin dehors. Ni vu ni connu.

Je termine mon repas devant la télévision. Il n'y a jamais rien de bien à la télé, mais je déteste le silence de la maison quand je suis tout seul. Le bruit et la lumière me font une présence. Sur l'écran, une fille aux yeux maquillés chante avec un garçon blond. Ils sont si près l'un de l'autre qu'on croirait qu'ils vont s'embrasser. D'après la présentatrice, les deux veulent devenir des stars. Je me dis qu'avant ils devraient commencer par essayer de devenir des artistes.

Ils ont fini leur chanson. Tout le monde applaudit et hurle leurs noms. La présentatrice annonce que l'émission touche à sa fin et qu'il sera bientôt trop tard pour voter. Je regarde l'heure. C'est vrai qu'il est tard. Beaucoup trop tard. Je ne suis pas rentré tout de suite, il faut dire. J'ai traîné en chemin, comme d'habitude. J'ai longé le fleuve. J'aime bien regarder sa surface épaisse comme de l'huile, et les lumières qui se reflètent dedans. De l'autre côté, au milieu des arbres et des maisons, se dresse l'hôpital avec ses centaines de fenêtres allumées. Maman était sûrement derrière l'une d'elle, en train de s'occuper d'un enfant malade, ou d'une très vieille dame. J'ai pensé à ça en lançant des cailloux dans l'eau et en regardant passer les péniches. Puis je me suis assis sur la berge. J'ai rêvassé en fixant du regard les reflets argentés, les vaguelettes puis les immeubles en face, les maisons, le ruban des voitures sur la nationale. Toutes ces vies, tous ces visages. Ces millions de gens. Avec leurs propres pensées, leurs problèmes, leurs joies, leurs peines. Je me suis dit qu'au fond, on était tous invisibles, noyés dans la foule immense, trop petits et trop nombreux pour être remarqués. Dans le ciel les avions laissaient des traînées blanches. La nuit est tombée lentement. J'avais un peu froid. J'ai fini par partir.

Au McDonald's, j'ai acheté un menu à emporter, comme chaque fois que maman est de garde. Le cadeau c'était un jeu électronique en forme de Gary, l'escargot de compagnie de Bob, dans *Bob l'éponge*. Je l'ai allumé et ça s'est mis à clignoter dans tous les sens en faisant de la musique. Je n'ai pas compris ce que j'étais censé faire. Encore un truc qui allait finir direct à la poubelle. Juste avant de sortir du restaurant, j'ai aperçu Cédric. Il était avec son père, un grand type au visage fermé, à l'air pas commode. Il mangeait la tête baissée. Ses épaules bougeaient un peu. On aurait dit qu'il pleurait. Je me suis planqué derrière un présentoir. Mon paquet à la main je suis resté un moment à les observer. Quand Cédric a enfin relevé le visage, ses yeux étaient rouges et mouillés. Son père le regardait en secouant la tête de droite à gauche, une moue de dégoût crispait sa bouche. Et puis c'est parti. Il lui a donné une claque, une vraie. Puis entre ses dents il a grincé : « Mais tu vas arrêter de pleurer, oui ou non ? Qu'est-ce que c'est que cette fille ? Tu me fais honte, vraiment. Qu'est-ce que j'ai fait pour avoir un fils aussi nul ? »

Je suis parti. Ça me faisait trop mal au cœur de le voir comme ça, Cédric. Pourtant on ne peut pas dire que je le porte dans mon cœur. J'ai marché, je crois même que j'ai couru, en repensant à ce que je venais de voir. Je me suis demandé si son père lui parlait tout le temps ainsi. S'il avait l'habitude de lui donner des claques ou si c'était exceptionnel. Si ça pouvait expliquer que Cédric se défoule sur ses camarades. Je me suis aussi demandé pourquoi personne dans le restaurant n'avait réagi, pourquoi personne ne s'était levé pour dire au père de Cédric qu'on ne doit jamais lever la main sur son enfant ou sur qui que ce soit, sous aucun prétexte. Papa m'a raconté un jour que, dans certains pays, la fessée était interdite par la loi. Il trouve ça normal et il ne comprend pas pourquoi on ne fait pas pareil en France. Il ne supporte pas qu'on se comporte mal avec les enfants. Je l'ai déjà vu se disputer avec une femme qui parlait mal à son fils. Une autre fois avec un homme qui laissait pleurer sa fille dans un magasin et qui ne faisait rien pour essayer de la consoler.

Au lieu de rentrer chez moi, de marcher tout droit vers les six tours grises qui se dressent près de ma maison, j'ai pris la rue des Sycomores. Je me suis caché derrière le grand poteau électrique en ciment. En face, toutes les fenêtres étaient allumées. Je pouvais voir le papier peint rose de la chambre de Chloé, son bureau et un bout de sa bibliothèque. J'aime bien sa maison. Sûrement parce que c'est la sienne. Enfin je suppose. Elle n'a rien de spécial, pourtant. De taille moyenne. Des rosiers grimpants et du lierre sur les murs. Un jardin aux herbes hautes, une table et des chaises un peu rouillées, et la balançoire qui ne sert plus depuis longtemps, avec son siège en bois qui pend dans le vide. Au bout d'un moment je l'ai aperçue. Par la fenêtre du salon je l'ai vue s'asseoir au piano. Elle a commencé à jouer. J'entendais à peine le son. Je n'ai pas reconnu l'air. Mais c'était beau. Rien que la voir, c'était beau.

Je mets mon assiette dans le lave-vaisselle et je monte dans ma chambre. Une fois en pyjama, je me couche sous la couette. Je laisse la lumière allumée. Et aussi la radio. Je tiens l'écharpe de Chloé contre mon nez. Par la fenêtre, je vois les tours au-dessus du jardin. Les rectangles des fenêtres s'éteignent un à un. Je ferme les yeux et je m'endors.

Je suis le premier arrivé. Dans la cour il n'y avait personne. J'ai aperçu Mme Bellefille dans la salle de réunion. Elle buvait son café en discutant avec M. Caranavet, le directeur. Il porte des moustaches et je ne peux pas m'empêcher de trouver ça ridicule. Je me demande toujours comment à notre époque on peut encore avoir envie de porter des moustaches. J'ai traversé la cour déserte, et me voilà dans la classe. Personne là non plus. C'est étrange d'être seul ici. De regarder les tables et les chaises bien rangées, le bureau de l'institutrice, le tableau. Dessus on peut encore lire la dictée de vendredi. J'ai eu 10/10. Comme toujours ou presque. Ça, c'est la salle principale. Celle où on fait des maths, du français, de l'histoire, de la géographie. Celle avec les deux cages où roupillent un lapin et un écureuil. J'entre dans l'autre pièce. Ça sent la peinture, la colle et le papier. C'est là qu'on dessine, qu'on peint, qu'on fabrique toute sorte de choses pendant les heures de travaux manuels. Mme Bellefille y tient beaucoup. « Ça fait partie de ce que vous devez apprendre », dit-elle. En ce moment, on fait des lampes. Avec du papier chinois. La mienne est horrible. Complètement de travers. Et le dessin est tellement mal fait que personne ne peut savoir ce que ça représente. Même moi je ne suis plus très sûr de le savoir. Une vraie catastrophe.

J'entends un bruit. Je sursaute. Je regarde par la fenêtre. Rien. Je retourne dans la classe. Rien non plus. C'était sûrement le lapin dans sa cage. Ou l'écureuil. Il saute tout le temps de la branche de son arbre nain au grillage.

Ce matin, quand je me suis réveillé, maman dormait. Je ne l'ai même pas vue. Elle est rentrée à quatre heures du matin. Je le sais parce que ça m'a réveillé. Je suis restée un moment les yeux ouverts à écouter ce qu'elle faisait : le bruit de l'eau qu'elle a mis à bouillir. Les placards qu'elle a ouverts pour trouver son sachet de tisane. Le bruit de ses pas dans l'escalier. Celui de l'eau qui coule quand elle s'est passé le visage sous l'eau. La radio en sourdine tandis qu'elle a bu sa tasse de tilleul au miel et au citron. Le lit qui a grincé quand elle s'y est allongée. Puis sa respiration alors qu'elle sombrait dans le sommeil. Je me suis rendormi jusqu'à ce que mon réveil sonne. Je suis sorti sur la pointe des pieds. Je me suis préparé mon bol de Miel Pops en essayant de faire le moins de bruit possible, j'ai mis mon cartable sur mon dos et je suis parti. J'aurais aussi bien pu ne pas avoir passé la nuit à la maison. J'aurais aussi bien pu ne jamais être rentré. Maman n'aurait rien remarqué. Au fond, si je fais le bilan, depuis la partie de cache-cache d'hier personne ne m'a plus vu, c'est comme si j'avais disparu. Sauf que normalement, quand quelqu'un disparaît c'est la panique, tout le monde se met à le chercher, on appelle la police, les hôpitaux, les pompiers. Mais pour moi, non. Personne ne bouge le petit doigt. Pour la simple raison que personne ne sait que j'ai disparu. Parfois je me demande même si j'existe, si tout ça n'est pas un rêve. Bref, une fois dans la rue, je me suis rendu compte que j'étais en avance. Alors j'ai traîné un peu. J'ai fait des détours par des rues que j'aime bien. Des rues avec des petites maisons en pierre, des jardins et des grands arbres. Des rues qui sentent les fleurs. Des rues d'où on ne voit pas les tours, d'où on n'entend pas le bruit des voitures sur la nationale. Derrière les fenêtres, des ombres passaient, des hommes, des femmes, des enfants qui se préparaient pour une nouvelle journée.

De l'une d'entre elles, j'ai vu sortir Maud, tellement petite que son sac à dos semblait pouvoir la contenir. Dans ses vêtements banals, elle marchait devant moi, le nez et les lunettes en l'air à regarder le ciel, le sommet des poteaux télégraphiques, les oiseaux perchés sur les fils, les cheminées aux toits des maisons. Maud a tourné à droite et je l'ai suivie. Pourtant ce n'était pas la direction de l'école. Elle s'est arrêtée devant une maison blanche. Enfin, au départ, parce que la vigne s'étendait sur les murs et la rendait presque totalement verte. Une maison de feuilles et de branches. Elle a sonné. Quelques secondes plus tard un garçon est sorti. Il s'est approché d'elle, s'est penché pour lui faire la bise. J'ai même cru qu'il l'avait embrassée sur la bouche. À peine. Un tout petit baiser de rien de tout. Mais je me suis dit que j'avais dû me tromper. Ils se sont mis en route et je les ai suivis. Ils bavardaient en marchant mais je n'entendais rien de ce qu'ils se disaient. Le garçon faisait bien trente centimètres de plus qu'elle. À le voir comme ça, j'aurais dit qu'il était en sixième. Peut-être même en cinquième... Ils se sont dirigés vers le collège. À quelques mètres derrière eux, j'ai longé les terrains de tennis défoncés, puis les deux bâtiments bleus. Devant la grille, ils sont restés un moment encore à discuter. Puis, à nouveau, il a déposé sur ses lèvres un très léger baiser. Cette fois j'ai été sûr. C'était presque rien, je ne suis même pas certain que leurs lèvres se soient vraiment touchées, ça m'a coupé le souffle de voir ça. J'ai laissé Maud s'éloigner, le temps de reprendre mes esprits. Maud. Si sage et insignifiante. Elle que tout le monde croit si niaise et empotée. Une petite fille sérieuse, discrète, ringarde comme tout. Maud a un amoureux… Un collégien. Si je le racontais aux autres, personne ne me croirait. Même moi je me demande si je n'ai pas rêvé.

Ça y est, ils arrivent. Par la fenêtre j'aperçois Léa et Thomas, et Maud un peu plus loin, toute petite comme toujours malgré son grand secret. Je me cache derrière le rideau, entre la cage du lapin et celle de l'écureuil. Je commence à trouver sacrément intéressant de vivre incognito. Évidemment, en ce qui me concerne, ce n'est pas très rassurant, et je ne sais pas si je dois être fier d'espionner les autres comme ça, mais franchement c'est dur de résister, et je crois que je suis assez doué pour ça. C'est peut-être une idée pour l'avenir. Espion. Enquêteur. Détective. Il faut savoir passer inaperçu. Et de ce côté-là, pas de problème, je crois que j'ai un don.

Ils entrent et s'installent à leurs bureaux. Bruits de chaises, de sacs qu'on ouvre, de trousses qu'on fouille. Les autres arrivent par petits groupes. Je les entends se dire bonjour, discuter un peu, chahuter. À un moment, je distingue la voix de Chloé, tellement facile à reconnaître. Elle parle avec Thomas, lui dit que c'était chouette hier, que tout le monde s'est amusé. Un instant j'hésite à sortir de ma cachette, mais à quoi ça rimerait ? Qu'est-ce que j'y peux si Chloé aime bien Thomas ? Si elle lui parle gentiment ? Qu'est-ce que j'y peux si elle croit qu'en retour, lui aussi, l'aime un peu ? Alors qu'il n'aime personne et se contente d'adresser à tout le monde des sourires de façade. Moi, chaque fois que je la croise, je deviens tout rouge et je bafouille, je dis n'importe quoi et après j'ai envie de me planquer dans un grand trou pour toujours, de prendre une pelle et de m'enterrer vivant.

Soudain la voix de Mme Bellefille s'élève. Tout le monde se tait. Elle ordonne à Cédric de s'asseoir et de laisser Christophe tranquille. La journée commence.

Une heure que je suis debout derrière ce rideau. Je ne peux plus supporter ces odeurs de paille, de graines, de lapin et d'écureuil. Ils sont en pleine dictée. Dans ma tête j'essaie de faire le moins de fautes possibles même si c'est très dur d'écrire dans sa tête.

À 8 heures 30, comme tous les jours à 8 heures 30, une fois que tout le monde était installé à sa place, Mme Bellefille a posé la question habituelle : « Tout le monde est là aujourd'hui ? » Elle ne fait jamais l'appel. Chaque élève est prié de vérifier que son voisin est bien là. Si aucune absence n'est remarquée, alors elle commence. Personne n'a répondu. J'ai entrouvert le rideau. Mme Bellefille a balayé la classe du regard, et ses yeux se sont arrêtés sur ma chaise vide, juste à côté de Cédric, occupé à fouiller dans son sac pour y trouver un sachet de Pepito ou des caramels.

– Cédric ?

Il a sursauté et s'est cogné la tête contre la table en se relevant.

— Oui madame ? il a répondu en se frottant le crâne.

— J'ai demandé si tout le monde était là, non ?

— Oui.

— Et ?

— Et quoi ?

— À côté de toi, il n'y a personne...

— Ben, non, vous voyez bien...

Tout le monde a ri. Mme Bellefille a secoué la tête, découragée. Puis elle a demandé si quelqu'un savait pourquoi je n'étais pas là. Personne n'a répondu. Personne n'en savait rien. Personne ne s'en souciait.

— Bon, est-ce que quelqu'un pourra lui prêter ses cahiers ce soir, pour qu'il puisse rattraper ?

Une mouche a volé au-dessus du bureau, et un troupeau d'anges est passé sans que personne ne remarque rien.

— Non ? Personne ? Personne ne passe devant chez lui en rentrant de l'école ? Personne n'habite près de chez lui ?

À nouveau j'ai écarté le rideau et je les ai vus, tous autant qu'ils étaient, qui regardaient ailleurs, par les fenêtres ou bien vers le plafond.

— Léa, a repris Mme Bellefille... Tu peux t'en charger ?

— Ben, c'est que je ne sais pas où il habite, moi…
— Ah bon. Et personne ne sait ?

Le silence qui a suivi cette question, c'était comme devenir sourd d'un seul coup. La plupart des élèves, ça faisait depuis le CP qu'on se connaissait, et aucun d'entre eux n'était seulement capable de dire dans quel coin j'habitais. Ils se souvenaient de mon prénom et je suppose que c'était déjà pas si mal. De quoi devrais-je me plaindre ?

— Si… Moi, je sais. Il habite près des Six Tours.

Mon cœur a battu tellement fort que je l'ai senti jusque dans mes doigts, mes oreilles, mes cheveux. Ces mots, c'est Chloé, de sa belle voix éraillée, qui venait de les prononcer.

— Bien, dit Mme Bellefille. On réglera ça plus tard. Prenez vos cahiers. On va faire une dictée…

Un gros soupir a envahi la pièce. Visiblement, cette dictée, ça ne faisait pas plaisir à grand monde…

Il est dix heures et j'ai des fourmis plein les jambes, je les sens grouiller là-dedans comme dans de la terre. J'en avais marre d'être debout alors je me suis accroupi et voilà, elles s'en donnent à cœur joie et commencent à remonter à l'intérieur de mes cuisses. Dans la classe, Mme Bellefille a demandé aux élèves de sortir un livre, de l'ouvrir à la page 87 et de lire le texte en entier et en silence. Je m'ennuie à mourir. L'écureuil et le lapin me tapent sur les nerfs. Mme Bellefille est en train de corriger les dictées. De temps en temps elle grimace. Ou bien elle soupire. Mais elle reste toujours très belle. Des gestes de fée quand elle ramène ses cheveux derrière ses oreilles, qu'elle ôte ses lunettes et les remet aussitôt. Maman dit que je suis amoureux d'elle mais elle a tort. C'est juste que je l'aime bien. Et que j'ai sauté de joie le jour de la rentrée, quand j'ai découvert que j'allais l'avoir encore cette année, qu'elle changeait de niveau elle aussi, passait du CE2/CM1 au CM2.

— Est-ce que quelqu'un peut me résumer ce qu'il vient de lire ?

Enfin. Il se passe quelque chose… Mme Bellefille a parlé et maintenant elle attend qu'une main se lève. Je ne la vois pas mais j'entends le bruit de son crayon contre son bureau. Elle fait toujours ça quand elle attend une réponse. Elle tient son stylo à la verticale et le fait rebondir sur le bois. Ça peut durer des minutes entières. C'est assez crispant, au bout d'un moment. La plupart du temps je lève le doigt, rien que pour que ça s'arrête. Pour leur éviter des ennuis.

Une mauvaise note à l'école et derrière, le sermon des parents. Après tout le monde me prend pour le fayot de service, mais qu'est-ce que j'y peux. Je déteste voir les autres se planquer sous leur table parce qu'ils n'ont pas la réponse et qu'ils ont peur d'être interrogés. Je déteste les voir s'angoisser. Et par-dessus tout, je déteste quand Mme Bellefille les enguirlande et leur fait la morale. Je me sens humilié pour eux. Dans ces cas-là, j'ai juste envie de me boucher les oreilles et les yeux, de crier en tapant des pieds pour que tout s'arrête et que le calme revienne.

Mme Bellefille a choisi sa proie : ce sera Cédric. Pourquoi elle s'acharne sur lui, je n'en sais rien. Elle doit bien se douter de sa réponse. Elle le connaît à force. Ou peut-être que non. Peut-être qu'elle s'imagine qu'il va changer comme ça, en un clin d'œil, du jour au lendemain, par l'opération du Saint-Esprit, sans prendre la peine de vraiment se pencher sur son cas autrement qu'en lui mettant des zéros pointés à tour de bras et en lui infligeant des punitions. Sans se demander pourquoi il se comporte ainsi ? Si sa mère lui manque. Si son père lui file des torgnoles pour un rien… Il la regarde avec son air bovin. Il ne dit rien. Il ne sait pas de quoi elle parle. Même pas sûr qu'il ait entendu sa phrase. Alors Mme Bellefille repose sa question. Et Cédric répond que non, il ne peut pas résumer ce qu'il a lu vu qu'il n'a rien lu, qu'il n'a pas dépassé la première phrase, qu'en fait il n'a pas trouvé la page, vu qu'il n'a pas écouté quand elle a dit le numéro et que personne n'a voulu lui dire. Tout le monde se marre. Tout le monde se fout de lui. C'est la loi du genre. D'habitude je suis assis à côté de lui et je suis là pour lui répéter ce qu'a dit Mme Bellefille tandis qu'il pensait à autre chose, qu'il cherchait un truc à grignoter dans son sac ou qu'il dessinait ses visages de femmes en rêvassant. Mais aujourd'hui non. Aujourd'hui je suis planqué derrière un rideau et je sais bien que ça ne rime à rien.

Mme Bellefille secoue la tête, lâche un long soupire et passe à Maud. De sa toute petite voix, elle commence à raconter l'histoire d'un garçon qui devient ami avec un faucon. Dit comme ça, ça ne fait pas vraiment envie. Maud parle mais personne n'entend rien. À quatre ou cinq reprises, Mme Bellefille l'interrompt et lui demande de parler plus fort. Chaque fois, Maud reprend sans changer le volume de sa voix d'un microdécibel. Ça doit faire un million de fois que j'assiste à cette scène. Et j'ai beau essayer, je n'arrive pas à la faire coïncider avec la vision de ce matin, Maud embrassant sur la bouche un garçon du collège…

C'est la récréation. Tout le monde est sorti. Sauf Mme Bellefille. Elle regarde par la fenêtre. Elle guette. Puis elle revient à son bureau. Ouvre un tiroir et en sort un petit miroir, un bâton de rouge à lèvres. Elle se maquille avec beaucoup de soin. Quand elle a fini elle se relève et se dirige vers la porte. J'entends une autre voix. C'est celle de M. Caranavet, le directeur. Je la reconnaîtrais entre mille avec son accent du Sud. Ça me donne toujours envie de rire, de l'entendre parler. J'ai l'impression que c'est une blague, qu'il fait semblant. Surtout qu'il habite en banlieue parisienne depuis au moins quinze ans… Enfin. Je suppose que ça et sa moustache, ça lui donne un certain charme. En tout cas, Mme Bellefille est toujours fourrée avec lui, à le dévorer des yeux et à rire à la moindre de ses blagues. On croirait Chloé avec Thomas.

J'entrouvre le rideau et je le referme aussitôt. Ce que je viens de voir, j'aurais préféré ne pas le voir.

M. Caranavet enlaçait Mme Bellefille et l'embrassait à pleine bouche. Quant à ses mains, elles ne se contentaient pas de rester sagement sur le haut de son dos. J'ai l'impression que ça dure des heures et pour tout dire, je ne me sens pas très bien. Je ne sais pas pourquoi. Je ne crois pas que ce soit à cause de Mme Caranavet. Ou peut-être que si, après tout. J'analyserai plus tard. Pour le moment je retiens ma respiration et j'attends que ça passe. La voix du directeur me délivre :

– Allez, ma jolie. Le devoir m'appelle... On se voit à midi ?

– Non. Plutôt ce soir, répond Mme Bellefille. Je suis de service pour la cantine...

– Ah bon ? Mais qui vous a donc imposé une telle punition

– Vous ne devinerez jamais. Ce vieux grincheux de directeur.

– Ah oui, eh bien je m'en vais lui dire deux mots, à votre cher directeur...

Sur ce il quitte la salle, gai comme un pinson, lui qui prend toujours un air sévère pour nous disputer quand on fait trop de bruit à la cantine ou que ça chahute dans la cour. Mme Bellefille l'imite à peine une minute plus tard. Et me voilà seul. Je peux enfin éternuer et quitter mon rideau. Je marche un moment dans la classe, je passe de bureau en bureau. Je regarde les trousses, les stylos. Chacun a sa petite note personnelle, sa touche d'originalité, sa marque fétiche. Personnellement, je fais dans la sobriété. Cahier sans illustration. Trousse sans fioritures. Stylos Bic orange. Pareil pour les vêtements. Maman m'achète les trucs en soldes au supermarché et c'est très bien comme ça. De toute façon, personnellement, je m'en fiche. Ça ne m'intéresse pas. Et je préfère garder de l'argent pour mes livres, mes bandes dessinées, mes films et mes disques.

Je m'installe à la place de Chloé. Le soleil entre par la fenêtre et me chauffe la joue droite. Je sors son écharpe de ma poche et je le fourre au fond de son cartable. Après j'attrape un de ses cahiers. Et à l'intérieur, sur une des dernières pages, j'écris «je t'aime». Même sous la torture je serais incapable de vous dire pourquoi je fais un truc pareil. Je sens mon sang circuler à toute vitesse dans mon corps, il bat partout à la fois. J'ai au moins quarante de fièvre. C'est à la fois insupportable et terriblement excitant, comme être un peu trop vivant tout à coup.

C'est l'heure de la cantine pour les uns. De rentrer chez eux pour les autres. De quitter l'école pour moi. Je n'ai jamais trouvé le temps aussi long de ma vie. Mais au moins j'ai retrouvé mon calme. Mon cœur bat normalement. Mon sang s'est refroidi de plusieurs degrés. Et je ne tremble plus.

Au retour de la récréation, j'ai vraiment cru que j'allais être découvert. Je ne sais pas ce qui leur a pris mais, d'un coup, ils se sont tous mis en tête de s'occuper de l'écureuil et du lapin. D'habitude personne ne leur prête la moindre attention mais là, ils se sont tous groupés autour de la cage, certains frôlaient le rideau, j'ai même senti des pieds toucher les miens. À coup de claquement de langue, de bruits bizarres, ou en les appelant par leurs petits noms, Caramel et Noisette, Thomas, Léa et les autres essayaient d'attirer l'attention des deux animaux, d'obtenir d'eux un regard, un mouvement ou que sais-je. C'était pourtant peine perdue. On croirait qu'on leur a retiré la cervelle à la naissance à ces deux-là. Sourds, aveugles et passablement idiots, voilà ce qu'ils sont. Heureusement, Mme Bellefille m'a sauvé la mise. Elle a annoncé une séance de travaux manuels et tout le monde a quitté la pièce. Le reste de la matinée s'est déroulé comme ça. Moi, seul et assis par terre derrière mon rideau, et tous les autres dans l'autre classe, en train de se battre avec leur lampe. À plusieurs reprises, j'ai failli m'endormir. De temps en temps j'entendais un rire, une voix étouffée, comme si on m'avait fourré les oreilles avec du coton. Un peu avant onze heures et demie ils ont tous rappliqué pour récupérer leurs blousons. Je me suis fait tout petit derrière mon rideau. Aussi plat que possible. Je crois même que j'ai arrêté de respirer pendant plusieurs minutes. Les discussions allaient bon train : Chloé a demandé à Léa si elle mangeait à la cantine, Léa a répondu que non, qu'elle avait une course à faire avec sa mère. Cédric a menacé Christophe de lui pourrir la vie s'il ne lui refilait pas son dessert. Thomas a proposé une partie de foot à la cantonade, mais pas un instant il n'a été question de moi.

J'attends que tout le monde sorte, que la voie soit libre, et je quitte la classe incognito. Je rase les murs en retenant mon souffle, je contourne le bâtiment gris qui abrite les classes de CM1 et de CM2, puis je traverse le terrain de hand-ball avec ses cages vides et ses lignes jaunes, rouges et bleues entrecroisées. En bas du talus se niche la piste de soixante mètres où je me traîne comme une limace pendant les cours de sport. Léa me bat à tous les coups, et même Chloé parfois. Quant aux garçons ce n'est pas la peine d'en parler. Il n'y a guère que Maud pour se laisser larguer et finir à plusieurs longueurs derrière moi. Je traverse les six couloirs. La grille est fermée à double tour. Je crois que je ne l'ai jamais vue ouverte, cette grille. Je me demande à quoi elle peut bien servir. À quoi sert une porte qui ne s'ouvre jamais ? Grande question. Plutôt que d'y répondre, je l'escalade et je saute de l'autre côté. Je me tords la cheville en retombant. Je lâche un petit cri de douleur mais je n'ai pas le temps de m'apitoyer sur mon sort : au loin je vois Léa et Chloé qui s'approchent. Je me traîne en boitant jusqu'aux buissons, des trucs qui sentent le sucre et bourrés d'épines. Ça me griffe les bras, les jambes et le visage. Je prie pour qu'elles ne jettent pas un œil dans ma direction. Mais non elles fixent la rue qui file vers la gare et passent sans me voir, trop occupées à bavarder.

— Quelqu'un a écrit dans mon cahier, fait soudain Chloé.

— Quoi ? s'écrie Léa.

— Tout à l'heure j'ai ouvert mon cahier et, vers la fin, j'ai vu que quelqu'un avait écrit quelque chose.

Elles se sont arrêtées de marcher. Elles se tiennent à quelques mètres de moi. Je vois leurs dos, leurs cheveux. Léa pose sa main sur le bras de Chloé. Mes jambes sont complètement liquides, je sens qu'elles ont du mal à me porter et que je pourrais tomber à tout moment.

— Qui ? demande-t-elle.

— J'en sais rien.

— Et qu'est-ce qui est écrit ?

— Je t'aime.

— Hein ?

— Il y a écrit «je t'aime»…

Léa explose de rire. Puis elle pouffe : «Qui peut-être assez tarte pour faire ça ? » Je m'étrangle avec ma salive. Je dois être plus rouge qu'un homard dans l'eau bouillante. Chloé hausse les épaules et elles se remettent en route. Je suis un peu vexé mais pour tout dire je suis d'accord avec elle. C'est complètement tarte. Écrire «je t'aime» dans son cahier… Tu parles d'une idée de génie. Juste avant que leurs voix se perdent dans le bruit des voitures, j'entends Chloé dire : « J'ai ma petite idée. J'ai ma petite idée... Mais je ne comprends pas comment il a fait son coup... » Cette fois je ne sais même plus où j'habite. Ni comment je m'appelle. Je suis tellement troublé que je m'extirpe des buissons sans faire attention à rien. Au loin je distingue vaguement leurs deux silhouettes. Je les regarde marcher jusqu'au carrefour. Elles bavardent encore un petit moment, puis elles se séparent. Léa à droite, Chloé à gauche. Dans mon dos j'entends des rires. Je me retourne. Des types de Notre-Dame-des-Oiseaux, l'école privée d'à côté, me regardent d'un drôle d'air.

— Alors on espionne les filles ? me lance l'un d'eux avec ce truc agressif dans la voix qui ne me dit rien de bon.

— Hein ? Euh... Moi ?.. Non... Je cherchais quelque chose.

— Tu ne veux pas qu'on les rattrape, histoire de leur raconter ce que tu fais dans les buissons ?

Je suis fait comme un rat. L'espion démasqué par le contre-espionnage. Je me demande ce que ferait James Bond à ma place. Même si je me fiche bien de la réponse. Je ne comprends jamais rien à ce genre de films. Les scènes d'action m'ennuient tellement que je m'endors et quand je me réveille j'ai perdu le fil de l'intrigue. Alors je me contente de faire ce que me dicte mon instinct de lâche et de froussard : je m'enfuis à toutes jambes, je cours sans m'arrêter. J'entends leurs voix, ils hurlent et se moquent de moi sur tous les tons, des marrons dévalent la rue de tous les côtés, j'en prends plein les jambes et le dos, je saute dans tous les sens et au hasard pour éviter les projectiles. Ça ne marche pas terrible. Il n'y a vraiment que dans les films qu'on peut courir sous les balles sans s'en prendre une. J'arrive au croisement, je tourne à droite et soudain tout s'arrête. Je n'entends plus rien, sinon le bruit des voitures et le ronron du train au loin. Je reste un bout de temps, les mains sur les hanches, à essayer de retrouver mon souffle comme un sprinter à la fin de la course. Je suis quand même aux aguets. « Il faut toujours se méfier des petits bourgeois du privé. Ils sont sournois comme pas deux. » C'est ce que me dit toujours papa. Je ne sais pas pourquoi il dit ça, s'il le pense réellement. Moi, je n'ai rien contre eux. Enfin ceux que je connais. C'est vrai qu'ils ont tous des parents dentistes ou pharmaciens, avocats, notaires ou directeurs de je ne sais pas quoi dans des entreprises importantes, qu'ils ont de belles maisons, qu'ils partent tous en vacances au ski en hiver, à la mer dans des villas l'été, sur la Côte d'Azur ou en Bretagne, et à l'étranger entre-temps. C'est vrai qu'ils sont tous un peu comme Thomas, bien habillés, bien élevés, inscrits à tout un tas d'activités (tennis, équitation, solfège piano ou clarinette au conservatoire) mais jusqu'à aujourd'hui, je n'ai jamais rien eu à leur reprocher. Simon était l'un d'entre eux. C'était aussi mon voisin. C'est comme ça qu'on s'est rencontrés. Et qu'on est devenus amis. Il habitait dans la plus grande maison de la rue, la plus belle aussi. Le jardin avait la taille d'un parc. Des arbres immenses y poussaient au milieu des fleurs. Pourtant, ses parents la détestaient, cette «baraque», comme ils disaient. Je crois surtout que c'est le quartier qu'ils n'aimaient pas. À cause des tours pas loin. Simon a déménagé à la fin de l'année dernière. On s'est écrit quatre ou cinq fois mais bien sûr, il fallait s'y attendre, au bout d'un moment nos lettres se sont espacées et puis un jour plus rien, sans même qu'on s'en rende compte, sans même que ça fasse vraiment mal alors qu'on était les meilleurs amis du monde. C'est grâce à lui que j'ai fréquenté quelques élèves des Oiseaux. Je dis «grâce à lui» parce qu'avec eux tout a toujours été très simple. Beaucoup plus simple qu'avec mes propres camarades.

Souvent après l'école, Simon et moi on se retrouvait. Les week-ends aussi. On se donnait rendez-vous devant chez lui. Sa chambre faisait dix fois la mienne. Il avait plein de livres. Sur les arbres et les oiseaux surtout. Ses parents n'étaient jamais là. On prenait nos vélos et on roulait vers le parc. On bavardait en faisant des tas de détours, on se disait des choses qu'on n'aurait jamais osé dire à qui que ce soit d'autre. Des trucs sortis du fin fond de nos cœurs. De temps en temps on rejoignait ses copains, on laissait les vélos dans l'herbe et on sautait par-dessus les petits canaux. Sur l'île, les arbres nous cachaient des promeneurs. Des petites fleurs violettes poussaient un peu partout. Avec les autres, bizarrement, tout était facile. Ils m'écoutaient quand je parlais, me demandaient mon avis, ça me faisait bizarre. J'avais l'impression simple d'exister, d'être là. Bien sûr, quand ils me posaient des questions je mentais un peu, j'enjolivais, de ma vie à l'école Paul-Éluard je transformais à peu près tout. Je jouais de la guitare, j'étais ceinture marron au judo, Chloé m'aimait, Thomas me choisissait toujours dans son équipe, Cédric me laissait en paix depuis que, prenant la défense de Maud, j'avais osé lui tenir tête. Mon père avait fait plusieurs fois le tour du monde et ma mère était l'infirmière la plus estimée de son service. Il n'y a que sur ce dernier point que je n'avais pas besoin d'en rajouter. À chacune de nos réunions, je racontais quelques anecdotes inventées sur la vie de ma classe. Pas de gros mensonges. Non. Je me contentais juste de rallonger un peu certaines scènes, de grossir les traits, de me prêter des mots, des gestes et des attitudes dont en vérité je n'avais été que le spectateur. Simon m'écoutait mentir avec bienveillance. Je crois qu'il s'en rendait compte mais que ça ne le gênait pas. Je crois qu'il comprenait que j'en avais besoin. Que j'aimais raconter des histoires et y croire un peu. J'aimais m'inventer une vie que je n'avais pas. Une vie toute simple mais une vie quand même. Qui ressemblait à quelque chose. Ça me suffisait. Maintenant qu'il est parti, ça me manque. Je n'ai plus personne à qui raconter quoi que ce soit. Il ne reste plus que ma vraie vie. Et certains jours elle ne me suffit pas.

Je reprends mon chemin, tranquille comme un chat. J'ai tout mon temps de toute façon. Cet après-midi, je n'irai pas à l'école. Personne ne s'en apercevra. Je me dirige vers le fleuve. Je passe en revue toutes les fois où on m'a oublié. Rien qu'à l'école, ça pourrait durer une journée entière :

• la fois où on m'a laissé à la piscine (c'est vrai que j'avais mis un peu de temps à me rhabiller, à cause d'un double nœud trop serré impossible à défaire) ;
• celle où je suis resté seul dans une station-service, pendant une sortie scolaire au château de Chambord. J'étais le dernier à aller aux toilettes, le car était reparti sans moi, il avait dû faire demi-tour ;
• la fois du cross en forêt : je me suis trompé de chemin, j'ai mis vingt minutes à retrouver la ligne d'arrivée. Il n'y avait plus personne, j'ai dû rentrer tout seul à l'école. Quand je me suis présenté dans la

classe, la maîtresse a paru étonnée de me voir : elle ne se souvenait pas m'avoir vu le matin et encore moins m'avoir emmené dans la forêt.

Je n'ai pas le temps de tout passer en revue, de toute façon, il y en a trop. Et puis j'ai mieux à faire : je viens d'apercevoir Léa qui sort de chez elle. Elle pousse un fauteuil roulant. Sa mère ferme le portail à clé avant de la rejoindre. Elles se ressemblent comme deux gouttes d'eau. Le même modèle à vingt-cinq ans d'intervalle. Elles se sourient puis se mettent en route. Dans le fauteuil, il y a un homme mal rasé, à la peau un peu grise, l'air fatigué. Une couverture à carreaux noirs et rouges couvre ses jambes. Léa se penche vers lui et sur ses lèvres je lis : « Ça va, papa ? » Il hoche la tête. Ses yeux brillent. Ils s'éloignent doucement, en bavardant. Ils ont l'air heureux tous les trois. Je les suis à distance. Ils entrent dans le petit restaurant marocain du coin. Papa nous y a emmenés une fois. Il venait de toucher sa prime. Il avait enfilé une chemise et une veste pour l'occasion. Maman s'était maquillée, parfumée, elle avait mis sa plus belle robe. On s'était ennuyé un peu. On n'osait pas parler trop fort, et la musique n'était pas terrible. Quant au couscous et aux tajines, maman a trouvé que les siens étaient aussi bons. Il faut dire que la voisine de gauche, qui a grandi à Marrakech, lui a donné ses recettes. Certains jours, elle se pointe à la maison avec des tas de pâtisseries au miel, à la cannelle et à la fleur d'oranger. On boit du thé à la menthe vachement sucré. En général elle reste jusqu'au soir et toute la famille rapplique pour le dîner. Ça court dans tous les coins, ça chante et ça éclate de rire. J'adore ce genre de soirées.

Je passe devant le restaurant. Le patron est en train de déplacer les chaises pour installer le père de Léa. Je le regarde un instant et je ne peux pas m'empêcher de me demander ce qui lui est arrivé, et aussi comment il fait pour entraîner son équipe de foot. Et puis je réalise que Léa a menti. Qu'elle ment à tout le monde depuis des années. Son père n'est sûrement pas entraîneur. Il n'a sans doute jamais joué au PSG. Même si sur ce dernier point on peut discuter. Vu le niveau, même en fauteuil roulant, au PSG, on doit pouvoir jouer avant-centre.

Sans que je le réalise vraiment, mes pas m'ont mené près de l'eau. J'ai marché vingt bonnes minutes en pensant à Léa, à son père. À ce que ça me ferait de voir papa dans un état pareil. Penser à une chose pareille c'était tellement douloureux que j'ai tout fait pour penser à autre chose. Du coup, j'ai repris les comptes :

• la fois où papa a oublié d'aller me chercher à l'école ;
• la fois où Thomas, Chloé et les autres sont sortis du McDo alors que j'étais au comptoir en train d'attendre mon deuxième Sunday caramel. Je les ai rattrapés dans la rue, je les suivis de loin, j'étais assez près d'eux pour entendre leurs conversations. Personne n'a réalisé que je n'étais plus là ;
• la fois où, parce que je m'étais endormi à l'arrière de la voiture, maman a oublié de me déposer à l'école. Je me suis réveillé devant l'hôpital. Quand j'ai débarqué dans le bureau des infirmières, maman a recraché son café par le nez ;
• la fois où je suis allé aux urgences avec maman parce que je m'étais cassé un doigt de pied. Elle m'a confiée à une de ses collègues qui m'a dit de m'asseoir et d'attendre sagement. Ça, pour attendre, j'ai attendu. Quand maman a pris sa pause trois heures plus tard et qu'elle est venue prendre des nouvelles, personne ne s'était occupé de moi ;
• toutes les fois où on me prend mon tour à la

boulangerie, à la librairie, chez le marchand de journaux. Toutes les fois où personne ne m'a vu lever la main, en classe, pendant une visite guidée, au centre de loisirs, au judo l'année où j'en ai fait, au restaurant quand papa me prie de demander de l'eau ou du pain, ou dans n'importe quel lieu où quelqu'un demande : « C'est à qui ? » ou « Qui veut ? »

J'arrête là. Et puis ça ne sert à rien. L'image du père de Léa ne quitte pas mon cerveau un seul instant. Je marche un moment sur la berge. Il n'y a personne à part deux ou trois types qui pêchent. J'ai beau aimer le fleuve, il faudrait me payer pour avaler un truc qui sort de là. Du bout du pied je pousse quelques cailloux. Je regarde les ronds. De l'autre côté, ça scintille comme des centaines de pièces de monnaie. On croirait que des tas de petits poissons se promènent à la surface mais c'est juste le soleil. Je lève les yeux et derrière la voix ferrée, au-dessus d'une rangée d'arbres et d'un parking immense, je vois l'hôpital. Je traverse le pont et je m'approche du bâtiment où maman travaille. Et elle est là. Juste devant la porte vitrée, elle est là, avec sa blouse, elle fait sa pause. Elle ne reste pas très longtemps aujourd'hui. Elle remplace une collègue qui a dû prendre sa demi-journée. Elle discute avec un grand type. Sans doute un médecin. En tout cas il a enlevé sa tenue. Il porte un jean et un blouson de cuir, et tient un casque à la main. Soudain elle rit. Je ne sais pas pourquoi, mais ça ne me plaît pas de la voir rire aux blagues d'un autre homme que papa. Je repense à Mme Bellefille avec le directeur. Il se penche vers elle pour lui faire la bise avant de rejoindre sa moto. Elle fait un boucan pas possible. Maman lui adresse un geste de la main, puis elle sort son téléphone de sa poche, le regarde un long moment puis le range. Elle fouille encore dans son sac et en sort… un paquet de cigarettes. Elle en allume une, inspire puis recrache un long trait de fumée. C'est le bouquet! Maman est censée ne plus fumer depuis deux ans. Avec papa, ils ont arrêté ensemble. C'était même elle la plus décidée. Lui, il voulait juste fumer un peu moins. Mais maman a dit que ça ne marcherait pas. Qu'il fallait s'arrêter complètement et ne jamais reprendre. Sinon c'était l'échec assuré. Tous les week-ends, papa tente de la convaincre d'en fumer une.

– Allez, juste une, lui dit-il. Je suis sûr que ça va marcher. On en fume une ou deux le soir après le repas et on s'en tient là.

– Non, répond maman chaque fois. Moi, je sais

que j'y arriverai, mais toi, je te connais. Le premier soir, ça va être deux cigarettes, le lendemain trois, et le jour suivant un paquet…

Et voilà que pendant que papa résiste au volant de son camion, elle s'en grille une tranquille à la pause… À moins que lui aussi, de son côté, fume en cachette. Ça me fait sourire cette idée. De les imaginer tous les deux fumer en cachette de l'autre. Elle prend une dernière bouffée, écrase son mégot dans une petite boîte en fer, pousse la porte et s'engouffre dans l'hôpital. Je regarde l'heure. Il n'est même pas deux heures. L'école a repris mais le temps me semble plus long encore à l'extérieur. Je pourrais aller au cinéma, à la bibliothèque ou au centre de jeux vidéo, mais on va me demander ce que je fais dehors. Je ne peux pas rentrer à la maison : maman finit à trois heures et demie et va rentrer se reposer. Jusqu'à quatre heures et demie c'est bien simple, je suis enfermé dehors.

Il est bientôt cinq heures. Je vais enfin pouvoir rentrer à la maison. J'ai passé presque trois heures au parc. Il n'y avait pas grand monde : quelques femmes avec leurs tout jeunes bébés, près des toboggans. Un peu plus loin, quatre types sur un banc, avec leurs bouteilles de vin en plastique et leur chien pouilleux. J'ai sauté par-dessus le canal. Je me suis assis sous un grand marronnier. À l'endroit exact où on s'installait Simon et moi. Tout autour, les feuilles mortes étaient tellement sèches qu'elles craquaient entre les doigts. Quand j'étais petit, papa m'en faisait une couverture, il n'y avait plus que ma tête qui dépassait. Il doit rentrer à la fin de la semaine. C'est trop long. Sans lui, la maison est décidément trop vide. Et maman a beau faire semblant de rien, je vois bien qu'elle est triste. J'ai sorti un cahier et j'ai commencé à lui écrire une lettre. J'ai arrêté au bout de deux minutes : c'était trop bizarre d'écrire une lettre à mon père pour lui dire que je n'aime pas quand il part. Qu'il me manque. J'ai déchiré ma feuille et je l'ai roulée en boule. J'ai commencé une autre lettre. À Simon cette fois. J'ai écrit son nom. Et je me suis arrêté. Je n'avais aucune idée de la suite. Alors j'ai mis : « J'espère que tu vas bien. Ça fait longtemps que je n'ai pas eu de nouvelles de toi. Moi ça va mais tu me manques. En ce moment même, je suis sur l'île où nous allions... » Je ne suis pas allé plus loin. Je n'ai pas pu. J'ai entendu du bruit dans mon dos. Ils étaient trois. Ils devaient avoir onze ou douze ans mais ils avaient l'air de mesurer deux mètres chacun.

– Qu'est-ce que tu fais là ? a dit le plus gros. C'est chez nous ici.

Il a pris un air menaçant. J'ai refermé mon cahier et j'ai attrapé mon sac.

– Tu ne devrais pas être à l'école à cette heure-là ? a demandé le plus petit.

– Et vous ? ai-je répondu sans réfléchir...

Le plus gros a éclaté de rire.

– Tu entends ? a fait celui qui n'était ni le plus gros ni le plus petit. Il nous demande si on ne devrait pas être à l'école ? Ben si, on devrait. Seulement on n'avait pas envie, tu comprends. Et nous, quand on a pas envie de faire quelque chose, eh bien, c'est simple, on ne le fait pas. Et toi tu faisais quoi ? Tes devoirs ?

Il m'a arraché le cahier des mains et l'a ouvert. Il a lu les quelques lignes que j'y avais écrites puis il a éclaté de rire.

— Écoutez ça : Simon… J'espère que tu vas bien. Il y a longtemps que je n'ai pas eu de nouvelles de toi. Moi je vais bien mais tu me manques. En ce moment même, je suis sur l'île où nous allions…

Il a lu avec une voix de fille, aiguë et fleurie. Avec sa bouche et ses yeux il faisait des tas de manières…

— C'est qui, Simon ? a fait le plus grand. C'est ton chéri ?

Avec ses lèvres il a fait semblant d'embrasser quelqu'un.

— C'est ça, ton truc ? Tu es amoureux d'un garçon ?

Ils se sont approchés. J'ai cru qu'ils allaient me frapper. J'ai mis mes bras au-dessus de ma tête pour me protéger.

— Eh oh, qu'est-ce que tu as ? Tu crois qu'on va te frapper ? C'est pas notre genre. On te pose juste une question. Alors ? Tu aimes un garçon ?

Il a repris sa voix de fille et s'est dandiné bêtement.

— Non, j'ai répondu. Pas du tout. Mais si c'était le cas ? Qu'est-ce que ça ferait ? Il serait où, le problème ?

Ils n'en sont pas revenus. Ils me regardaient bouche bée. Ils semblaient se creuser la cervelle pour trouver une réponse à ma question, mais visiblement rien ne venait. Du coup, le gros m'a rendu mon cahier et ils se sont assis à côté de moi.

On a passé l'après-midi ensemble. Ils étaient moins bêtes et méchants qu'ils en avaient l'air. Ils étaient même plutôt sympas au fond. Ils avaient les sacs remplis de pétards, de fusées de feu d'artifice, de biscuits et de boissons sucrées. Le gros avait aussi un ballon et un Frisbee. À la fin ils m'ont avoué que s'ils étaient dehors un mardi après-midi, ce n'était pas parce qu'ils avaient séché les cours, mais juste parce que deux de leurs professeurs étaient malades. Quand je leur ai dit que moi, par contre, j'avais vraiment manqué l'école, ils ont eu l'air vraiment impressionné. Quand je leur ai dit que j'étais classé au ping-pong, que ma mère était danseuse et que mon père était le guitariste de Francis Cabrel aussi. Même s'ils n'avaient pas la moindre idée de qui pouvait être Francis Cabrel. On s'est salués comme si on était bons amis. Il était quatre heures et demie. Je me suis mis en route. J'ai acheté un pain au chocolat à la boulangerie, comme tous les jours à la même heure. Et je me suis dirigé vers la maison.

La voiture de maman est garée devant le portail. Elle doit être rentrée. Je reste un moment à scruter les fenêtres. J'attends qu'elle y jette un œil. Qu'elle regarde dans la rue pour voir si j'arrive. J'aimerais qu'elle le fasse. Qu'elle regarde sa montre et se dise que, tout de même, il est déjà tard. Qu'elle se demande ce que je peux bien faire. Qu'elle s'inquiète. Qu'elle me dispute. Parce que j'ai traîné au lieu de rentrer directement prendre mon goûter et faire mes devoirs. Mais non. Elle doit être dans sa chambre. En train de se reposer de sa journée. Peut-être qu'elle dort. Soudain la porte s'entrouvre. J'ai tout juste le temps de me précipiter sous le pommier. Ça devient une habitude, un réflexe, une seconde nature. J'adore cet arbre. Les branches sont tellement longues qu'il forme une cabane. Quand j'étais plus petit je passais des journées entières caché par les feuillages. Il paraît que souvent je m'endormais là, dans l'herbe. Je disais que c'était ma deuxième maison. Je jette un œil au milieu de la verdure. Maintenant la porte est grande ouverte et j'aperçois l'ombre de maman. Quelqu'un sort. C'est Chloé. J'ai l'impression que je vais tomber dans les pommes, au sens propre comme au figuré. D'abord je me demande ce qu'elle fait là et tout de suite après je réalise : elle est venue m'apporter les devoirs. Je l'entends dire « Au revoir, madame » et la porte se referme. Sa voix est toujours un peu cassée mais là, tout de même, on aurait dit qu'elle était sur le point de la perdre. J'ai la sensation étrange que quelque chose ne va pas. Elle traverse le jardin. Elle a l'air vraiment soucieux, je trouve. Elle fait un signe de la main. Sur le coup j'ai la peur de ma vie, je me dis qu'elle m'a découvert mais non, ce n'est pas à moi qu'elle s'adresse mais à Léa. Cette dernière se tient devant le portail, à quelques mètres seulement de moi, et sourit. Comme toujours. Comme si c'était son état normal. La forme permanente de sa bouche, de son visage. Je me demande depuis quand elle est là. Si elle m'a vu me cacher sous le pommier. Chloé la rejoint.

— Ça n'a pas l'air d'aller, lui fait Léa, soudain inquiète.

— Il n'était pas là, répond Chloé, comme sur le point de pleurer.

— Ben faut pas te mettre dans des états pareils. Tu le reverras ton petit chéri...

Je crois que je vais me décomposer, ou tomber en poussière. Ou bien exploser et me retrouver en morceaux aux quatre coins du jardin. D'autant que Chloé ne nie pas. Elle ne hausse même pas les épaules. Au contraire, elle fusille Léa du regard.

— Tu ne comprends pas, lui dit-elle. Il n'était pas là. Sa mère ne l'a pas vu depuis hier matin.
— Comment ça ?
— Elle était à son boulot, à l'hôpital. Quand je lui ai dit qu'Antoine avait disparu pendant la fête, qu'il n'était pas à l'école aujourd'hui et que personne ne l'avait croisé nulle part elle a pris le téléphone et elle a appelé la police.

Cette fois Chloé est en larmes. Dans ma tête tout se bouscule, je n'arrive plus à penser : Léa a parlé de moi en disant « ton petit chéri » à Chloé, celle-ci est en larmes parce qu'elle croit que j'ai disparu et maman est en train d'appeler la police. Je n'ai pas le temps de prendre la moindre décision. Mon nez se met à me chatouiller. Je regarde dans l'herbe et trois gros pissenlits me narguent. Je suis allergique à ces trucs. J'essaie de me retenir. Au moment même où Léa prend Chloé dans ses bras en lui murmurant qu'il ne faut pas qu'elle s'inquiète et où Chloé lui répond qu'il m'est sûrement arrivé quelque chose, que je suis peut-être mort et qu'elle s'en voudra toute sa vie de ne m'avoir jamais avoué qu'elle m'aimait, d'avoir joué avec moi en faisant sa belle indifférente, j'éternue avec ce bruit étrange et suraigu que je n'arrive jamais à retenir. Elles se retournent. J'ai beau me cacher derrière le tronc, ça ne sert à rien. Mon éternuement, en plus d'être ridicule, est parfaitement reconnaissable. Il n'y a que moi pour faire un bruit pareil.

— Antoine ? fait Chloé. Antoine, c'est toi ?

J'hésite à me terrer mais déjà, Léa fouille parmi les branches.

— Qu'est-ce que tu fais là ? dit-elle.
— Moi. Euh, rien. Je cueille des pommes.
— Tu cueilles des pommes ?
— Oui.
— Depuis hier tout le monde te cherche, et toi tu cueilles des pommes ?
— Personne me cherche, dis-je en sortant de ma cachette.

Chloé est toute pâle. On dirait qu'elle vient de voir un fantôme. Je vois bien qu'elle hésite entre sourire et autre chose. Mais quoi ?

— Qu'est-ce que t'en sais ? reprend Léa.
— Je le sais c'est tout.
— Et tu faisais quoi, là ? Tu nous espionnais c'est ça ? Ça ne te suffit pas de passer tes mercredis et tes week-ends à traîner près de chez elle.

Je prends l'air le plus étonné possible. Léa secoue la tête et fait cette moue dégoûtée qui vous fait sentir qu'elle vous tient pour un minable.

— Tu crois qu'elle ne te voit pas, sur ton petit vélo ? ajoute-t-elle.

Je m'extirpe du pommier. Je les rejoins, et Léa semble vraiment en colère. Je voudrais qu'elle s'en aille. Je voudrais pouvoir m'expliquer en tête à tête avec Chloé. Tout lui déballer. Lui dire tout ce que j'ai sur le cœur. Tant pis. Je le fais quand même. Je déballe tout. Le cache-cache, le matin à l'école derrière le rideau, mon impression d'être invisible, tout. Le visage de Chloé s'éclaire.

— Alors c'est bien toi ? me demande-t-elle les yeux brillants.

— Moi quoi ?

— Mon écharpe dans le cartable ce matin. Et le mot dans mon cahier.

Un instant j'hésite. J'ai chaud, la gorge serrée, le cœur au bout des doigts. J'ai l'impression que si je dis oui, ma vie va se transformer, que je vais basculer vers quelque chose d'incroyablement profond, vertigineux, inconnu. Je me lance, mais Léa me coupe.

— Non mais tu te rends pas compte ou quoi ? hurle-t-elle à Chloé. Ce type est complètement barge. Il se planque pour nous espionner, il fait semblant de disparaître pour nous inquiéter. Et ça marche. Hier soir je t'ai consolée pendant trois heures. Il y a deux secondes tu pleurais. Et regarde-le, il a l'air tout content de lui. C'est... C'est... dégueulasse... Je déteste les menteurs.

Tout va trop vite pour moi. Il faut que je fasse quelque chose. Chloé était à deux doigts de me tomber dans les bras et voilà que Léa gâche tout.

– Eh bien, tu dois te détester alors, je lui réponds sans réfléchir.

– Quoi ? blêmit Léa.

– Je dis que si tu détestes les menteurs, alors tu dois te détester toi-même.

– Ah oui. Et pourquoi ?

– Parce que toi aussi tu mens... Tu dis à tout le monde que ton père est footballeur alors qu'il ne tient pas sur ses jambes.

Au moment de prononcer ces mots je réalise que je viens de commettre une erreur irréparable. Je viens de signer mon arrêt de mort. Je regarde Chloé et je croise les doigts pour qu'un miracle advienne. Qu'elle n'ait rien entendu. Léa est en larmes. Chloé la serre dans ses bras. Elle ne dit rien. Elle me regarde avec dans les yeux une lueur de haine et de mépris dont je ne l'aurais jamais crue capable. Et puis ses lèvres articulent :

– Tu es vraiment trop nul. Je te déteste.

Je ne réponds rien. Il n'y a rien à répondre. Je suis un vrai nul et elle a toutes les raisons de me détester. Je fais demi-tour. Je rentre la tête basse. Le monde vient de s'écrouler sur mes pieds et je vous prie de croire qu'il pèse lourd. Mais je n'ai encore rien vu : à peine ai-je poussé la porte que maman me saute dessus. Elle a pris mille ans. Son visage est ravagé par l'inquiétude. Elle a le téléphone dans la main. Je suppose qu'elle vient d'appeler la police. D'abord elle me prend dans ses bras et me serre à m'en étouffer. Puis elle me repousse.

— Moi qui croyais qu'on pouvait te faire confiance... Moi qui dis toujours aux copines que j'ai de la chance d'avoir un fils aussi mûr et responsable...

Je ne sais pas quoi répondre. Je me demande juste comment j'ai fait pour décevoir ma mère et la fille que j'aime en si peu de temps... C'est fou comme on peut parfois frôler le bonheur et tout détruire en une demi-seconde.

— Bon, eh bien maintenant, mon grand, il va falloir t'expliquer... poursuit maman. Et puis tu vas appeler ton père pour le rassurer. Quand je lui ai dit que tu avais disparu, il a failli avoir un accident. Il a dévié et a failli se prendre un autre camion...

Je n'ai pas le temps d'encaisser l'information, de

mesurer ce qui aurait pu se passer. Papa à l'hôpital ou même pire, le camion défoncé ou renversé dans le bas-côté. Par la fenêtre, je vois une voiture se garer. Une voiture de police. Il ne manquait plus que ça. Comme dirait papa : toujours là quand il faut pas et jamais quand on a besoin d'eux... Maman me tend le combiné tandis que deux policiers poussent la grille et marchent vers le perron. J'ai l'impression d'être plongé au plein milieu d'un cauchemar, le genre de rêve dont on veut se réveiller à tout prix. Mais je n'ai pas besoin de me pincer, je sais que je ne rêve pas, que le cauchemar est réel et que c'est moi qui l'ai provoqué. À cet instant précis, je donnerais tout pour devenir invisible. Disparaître. Je ne vois plus qu'une solution : la fuite. Alors je lâche le téléphone et je cours vers l'escalier. Maman me retient par le bras.

– Si tu crois que tu vas t'en sortir comme ça...

Au même moment, on sonne. Maman ouvre. Les deux policiers me regardent étonnés. Maman hausse les épaules et lâche un long soupir.

Je crois que cette fois, ça va vraiment être ma fête...

Je suis dans ma chambre. Il est minuit et je ne dors pas. J'ai beau essayer je n'y arrive pas. J'ai relu tout *Petit Vampire*. J'ai écouté cinq ou six disques. Mais le sommeil ne vient pas. Je repense à tout ce qui s'est passé ces deux derniers jours. Aux secrets des uns, aux mensonges des autres. Au savon que m'ont passé les flics. À celui que m'a réservé maman, puis papa au téléphone. À ma punition. Dorénavant je n'ai plus le droit de traîner après l'école. Maman appellera sur le téléphone fixe pour vérifier que je suis bien rentré. Et je suis privé de sorties pendant un mois. Mais ce n'est pas ça, la vraie punition. Non. La vraie punition ce sont les mots de Chloé : « Je te déteste. » J'ai tout gâché. La vraie punition, c'est aussi ce qui a failli arriver par ma faute : papa aurait pu percuter un camion. Et la vraie punition, enfin, c'est ce que m'a dit maman, et qui me tourne dans la tête. Quand je lui ai raconté toute l'histoire, je pensais que ça la calmerait, qu'elle me prendrait en pitié. Mais pas du tout. Non. Au contraire même. Là aussi je l'ai déçue.

« Je ne te croyais pas comme ça, m'a-t-elle dit. Je ne pensais pas que tu t'intéressais autant à ta petite personne. Je ne pensais pas que tu avais une si haute opinion de toi-même… »

Sur le coup je n'ai pas compris ce qu'elle voulait dire. Je me suis défendu en disant que non, justement, je ne m'aimais pas trop.

– Mais si, elle a dit. Tu t'adores. Tu te crois digne d'être remarqué, admiré. Sinon, pourquoi tu aurais autant l'impression que personne ne te voit. Ou plutôt qu'on ne te voit pas assez. Qu'on ne fait pas assez attention à toi. Tu veux mon avis ? Mon avis c'est que tu t'écoutes trop. Que tu te regardes trop le nombril. On appelle ça du narcissisme. Ou de l'égocentrisme. Ou les deux à la fois. Toujours penser à ce que les autres pensent de vous. Ne penser aux autres que par rapport à soi. C'est du narcissisme, de l'égocentrisme et ce n'est pas très joli, mon petit gars. Si tu veux un conseil : arrête de ne penser qu'à toi et intéresse-toi aux autres. À ce qu'ils sont. Oublie-toi un peu.

M'oublier.

Alors là.

Moi qu'on oublie tout le temps.

Au final je dois être la seule personne à ne pas m'oublier. Mais c'est encore trop il faut croire.

Enfin. Maman a peut-être raison.

N'empêche que ça fait mal d'entendre des trucs pareils. C'est comme se regarder dans un miroir et se voir aussi moche qu'on est. Mais c'est bien. Comme se prendre une claque qui vous réveillerait et vous ferait repartir du bon pied.

En attendant je ne dors pas. Je pense à ma vie. Je pense encore à moi. Je m'apitoie sur mon petit sort. Parce que j'ai déçu maman. Parce que j'ai perdu Chloé. Parce que j'ai blessé Léa. Parce que demain à l'école, ça va être terrible.

Maman a raison. Je suis incorrigible. Je ferais mieux de penser à Léa, à son père. À Cédric et aux baffes qu'il prend pour un rien. À la solitude de Thomas. Au secret de Maud. À tout ce qui se cache derrière les apparences. Je ferais mieux de penser à Chloé. C'est vrai, quoi ? Qu'est-ce que je sais d'elle au fond. À part ses vêtements japonais, ses cheveux un peu roux, les airs qu'elle joue sur son piano.

Oui. C'est ça. Je ferais mieux de m'oublier un peu moi aussi. De me cacher loin à l'intérieur de moi-même et de m'y laisser un bon bout de temps. Ni vu ni connu.

Je remonte ma couette jusque sous mon menton.

Je ferme les yeux.

Tout est blanc.
Comme si la neige avait tout recouvert.
Je m'endors dans la poudreuse.